LE

BANQUET DE CATILINA,

FRAGMENT DRAMATIQUE (d'après Saluste),

EN UN ACTE ET EN VERS,

Par M. ALEXANDRE ROLLAND.

NIMES ,

TYPOGRAPHIE C. DURAND-BELLE, PLACE DU CHATEAU

1850.

LE
BANQUET DE CATILINA,

FRAGMENT DRAMATIQUE (d'après Saluste),

EN UN ACTE ET EN VERS,

Par M. ALEXANDRE ROLLAND.

NIMES ,

TYPOGRAPHIE C. DURAND-BELLE, PLACE DU CHATEAU.

1850.

1851

LE
BANQUET DE CATILINA,

FRAGMENT DRAMATIQUE (D'APRES SALLUSTE),

EN UN ACTE ET EN VERS.

PAR M. Alexandre ROLLAND.

PERSONNAGES.

SERGIUS CATILINA. — LENTULUS, CÉTHÉGUS, AUTRONIUS, CU-
RIUS, FULVIUS, LONGINUS, VARGUNTÉIUS, *conjurés.* —
RULLA, *jeune Gaulois, esclave de Catilina.* — Plusieurs
Esclaves.

Le Triclinium d'hiver dans la maison de Catilina. Autour d'une
table, un lit en forme circulaire sur lequel sont à demi-couchés les
convives de Catilina.

SCÈNE PREMIÈRE.

CATILINA, LENTULUS, CÉTHÉGUS, AUTRONIUS, CU-
RIUS, FULVIUS, LONGINUS, VARGUNTÉIUS, Esclaves.

CÉTHEGUS.

Gloire à Catilina, le futur dictateur !

CURIUS.

Gloire à Catilina, notre libérateur !
—Ce Falerne fumeux, ce vieux vin de Calène
Dont j'ai vidé deux fois ma coupe toujours pleine,
Ont ranimé mon cœur et mis dans mon cerveau
L'impétueux essor d'un courage nouveau.
Amis, buvons encor ! Esclaves, qu'on me serve !

(Il présente sa coupe à un esclave.

CETHEGUS.

Prends garde que Bacchus ne fasse fuir Minerve.
C'est assez.

(Un esclave écarte deux rideaux et découvre un squelette
d'argent placé sur un socle en marbre au milieu duquel
sont gravés ces mots : *Vivamus dum licet esse bene*).

Mais pourquoi cet emblème de mort ?
Que nous veut cet esclave ?

FULVIUS.

Ecoutons-le d'abord.

L'ESCLAVE.

« Hélas ! dans son néant que l'homme est misérable !
» Frêle atome que tient un fil insaisissable.
» Ainsi nous serons tous, quand Orcus, dieu des morts,
» Du feu qui nous anime aura privé nos corps.
» Suivons donc au plaisir l'instinct qui nous convie,
» Et tant que nous vivons sourions à la vie ! (1) »

CURIUS.

Vivre pour le plaisir ! c'est bien dit, à mon gré !
Ta sentence est parfaite, et je m'en souviendrai.
Ce précepte est celui de mon maitre Epicure,
Grand philosophe, ami de la sage nature.

CATILINA.

Dès-longtemps, par mon ordre, à tout festin nouveau,
On me rappelle ainsi le néant du tombeau.
La crainte de la mort mieux que la mort nous tue.
A lui sourire en face un grand cœur s'habitue,

----

(1) *Heu, heu, nos miseros, quam totus homuncio nil est !*
Quàm fragilis tenero stamine vita cadit !
Sic erimus cuncti, postquam nos aufert Orcus
Ergo vivamus, dùm licet esse benè.

(PÉTRONE — Banquet de Trimalcion).

Scaliger assure qu'on avait coutume de faire ces sortes de réflexions
dans les festins, pour se porter à goûter les douceurs de la vie pen-
dant qu'on possède une santé parfaite. Nous lisons même que, pour
s'en faire des ressouvenirs continuels, on pendait au plancher des
têtes de mort et des squelettes. Les Romains avaient tiré cette coutume des Grecs, et ceux-ci des Egyptiens.

(PÉTRONE — Note du Traducteur)

Et, la coupe à la main, attend sans être ému,
Ce sommeil éternel dont nul n'est revenu.

Au plaisir, toutefois, faisons trêve à cette heure.
Je vous ai convoqués au fond de ma demeure,
Vous savez pour quel but ?

CÉTHÉGUS.

Oui, nous le connaissons.
Toi seul est notre chef. Parle : nous agissons.

CATILINA.

Moi seul suis votre chef ! Ah ! Céthégus, arrête.
De nos patriciens tu n'es pas l'interprète.
J'en vois ici plusieurs, — et j'en donne ma foi, —
Qui de vous commander sont plus dignes que moi.

(Il se tourne vers Lentulus).

Toi, Lentulus, d'abord. Pour ce destin insigne,
Le livre sibyllin clairement te désigne.
Ses oracles l'ont dit : trois fois nous devons voir
Chez un Cornélien le souverain pouvoir.
A Cinna, le premier, échut le rang suprême ;
Sylla fut le second ; tu seras le troisième.
A toi, dont les discours incisifs et brûlants
Ont fait souvent pâlir nos consuls insolents,
C'est à toi de parler.

LENTULUS.

L'occasion est belle
De donner au destin une face nouvelle.
Jamais, dans les conseils solennels du Sénat,
Nous n'eûmes à traiter de si grands coups d'Etat.
Convives animés, vos fronts, en apparence,
N'offrent à mes regards que libre insouciance.
Oublieux du fuseau que tourne Lachésis,
Vous avez revêtu la blanche synthésis,
La robe des festins. Vos têtes sont parées
Des feuilles de tilleul à Bacchus consacrées.
Vos cheveux, parfumés de lavande et de nard,
Dans le goût syrien sont rangés avec art,
Et vos corps, sur ce lit penchés avec mollesse,
Affectent le maintien d'une indolente ivresse.
Mais tous ces faux dehors, ces airs de volupté

Cachent des cœurs remplis d'audace et de fierté.
Sous cet extérieur qu'un vain éclat décore,
Je cherche des Romains et les retrouve encore.
Assez pour le plaisir ! Relevez-vous, Romains !
Un glaive siéra mieux qu'une coupe en vos mains.
Arrêtons nos projets, et cette heure féconde
Verra dans un banquet régler le sort du monde.

CETHEGUS.

Craignons surtout l'affront d'un dessein avorté,
Et que tout s'exécute aussitôt qu'arrêté !
   J'ai fait porter chez moi, dans l'ombre et le silence,
Un immense appareil d'attaque et de defense.
Tout est prêt. Boucliers, casques, piques, poignards,
N'attendent pour sortir qu'un seul de tes regards.
A ton premier signal, victime désignée,
Rome s'éveillera de sang toute baignée.
J'ai déja préparé deux cents gladiateurs
Dont les bras frapperont autant de sénateurs.
Cent esclaves armés de torches, de résine,
De nos murs embrasés hâteront la ruine.
D'autres, des aqueducs détruisant les canaux,
Loin des palais en feu détourneront les eaux.
Tous ces hommes sont sûrs. J'ai mis dans le pillage
Le terme de leurs maux et de leur esclavage ;
Et pour un but si grand, quand on part de si bas,
Le plus lâche est terrible et ne recule pas.

AUTRONIUS.

J'ai des amis nombreux. Leur cohorte fidèle
Prit part tout récemment à ma juste querelle,
Quand, après m'avoir vu si près du consulat,
Le contraire parti me chassa du Sénat.
Eh bien ! j'y rentrerai pour laver cet outrage,
Et, comme Marius au retour de Carthage,
Aujourd'hui le vaincu, mais demain le vainqueur,
J'éteindrai dans le sang les tourments de mon cœur.
   Sergius, tu le vois, nos causes sont communes.
Groupons en un faisceau nos diverses fortunes,
Et nous opposerons a nos fiers ennemis
L'indestructible effort de nos coups réunis.

CURIUS.

Ils m'ont aussi chassé. Pour une même offense,

Je caresse l'espoir d'une égale vengeance.
J'ai trois mille clients. Dès que tu le voudras,
Tu pourras, Sergius, disposer de leurs bras.

FULVIUS.

Rien n'est encore à moi, Sergius, hors ma vie.
Prends-la ; c'est sans regret que je la sacrifie.
Du jour où la prœtexte eut reçu mes adieux
Pour la toge virile, objet de tous mes vœux,
Cinq ans sont écoulés à peine. La jeunesse
Semblait à mes désirs sourire avec tendresse.
Hébé, que Jupiter créa dans son amour,
Des plaisirs les plus doux m'enivrait tour à tour.
Heureux si je n'avais qu'effleuré la surface :
Je voulus tout connaître et tout changea de face.
Mon œil, que dessilla trop vite le malheur,
Aperçut un poison au fond de chaque fleur ;
Et dans ce monde infâme où, curieux, je plonge,
Il n'est pas de vertu qui ne couvre un mensonge.
J'ai vu Rome de près, et je rougis des fers
Dont Rome impunément a chargé l'univers.
Je suis las et n'ai plus d'ardeur que pour détruire.
Sans savoir ton vrai but, avec toi je conspire.
Peu m'importe la cause : arrivons jusqu'au bout,
Toi mù par la vengeance, et moi par le dégoût.

CATILINA.

Bien ! prodigue l'insulte à ce que je méprise !
Et vous tous, compagnons d'une illustre entreprise,
Si vous avez chacun des motifs différents,
Que le but soit commun : renverser nos tyrans.
    Mais, pour mieux assurer l'effet de nos vengeances,
J'ai voulu de l'Enfer invoquer les puissances,
Et, par un coup sanglant, mettre dans notre accord
La Haine, la Fureur, la Discorde et la Mort.
        (A l'esclave du festin).
Qu'on me fasse venir ce Gaulois, ce jeune homme,
Esclave que je voue aux libertés de Rome.

L'ESCLAVE.

Seigneur, on n'attendait que votre ordre. Il est là.

CATILINA.

C'est bien. Qu'il entre donc.
        (Deux autres esclaves amènent Rulla dans le Triclinium.)

SCÈNE II.

LES MÊMES, RULLA.

CATILINA.
Tu te nommes Rulla ?

RULLA.
Oui, seigneur,

CATILINA.
Et la Gaule est, dit-on, ta patrie?

RULLA, avec un soupir.
Il est vrai....

CATILINA.
Tu l'aimais ?

RULLA.
Avec idolâtrie.

CATILINA,
Pour la revoir encor, réponds, que ferais-tu ?

RULLA.
Je donnerais pour prix tout mon sang répandu !

CATILINA.
Ainsi, tu ne crains pas la mort?

RULLA.
Je la souhaite.

CATILINA.
A l'image des tiens ton âme n'est pas faite.
L'esclave s'endurcit aux outrages du sort,
Et préfère toujours sa misère à la mort.

RULLA.
N'appelle point ceux-là mes pareils. Près du Tibre,
Mon bras seul est esclave et mon cœur reste libre.

CATILINA.
Si ceux de ton pays avaient eu ta fierté,
Tu ne pleurerais pas ici ta liberté.
Mais ils t'ont lâchement laissé charger de chaines.

RULLA.

Ah ! s'ils durent céder aux légions romaines,
L'univers à vos pieds jettera bien des rois,
Avant que vous domptiez l'âme d'un seul Gaulois !

CATILINA.

Ce langage hautain , cette fière attitude
Ne sied pas à celui qui vit en servitude.
Eh quoi ! devant ton maître , oses-tu , sans frémir
Des tourments. ...

RULLA.

      Tu ne peux que me faire mourir.
Ecoute : Je vivais , libre d'inquiétude ,
Au fond de mon vallon , paisible solitude ;
Là , les êtres chéris dont je reçus le jour,
Ma femme et mes enfants , doux gages de l'amour ,
Partageaient avec moi le toit héréditaire.
Mais que les jours heureux sont bornés sur la terre !
Un questeur, envoyé par quelque dieu jaloux,
Dans sa recherche avide arriva jusqu'a nous ,
Et , transportant du sein d'une fertile plaine
Jusqu'à nos monts glacés l'avarice romaine ,
Osa sur nos sueurs extorquer un tribut.
Alors , jeunes et vieux , faibles , forts , tout s'émut ;
Et , ce qu'on n'avait vu jamais dans ces montagnes,
Pour courir au combat nous laissions nos compagnes.
La faucille , la faulx , le soc du labourèur
N'armaient qu'impuissamment notre ardente fureur.
Ces grossiers instruments, ces armes inutiles,
S'affaiblissaient encore en nos mains inhabiles.
Nos cœurs , que trahissaient des bras mal affermis,
Etaient nos seuls remparts offerts aux ennemis.
Nous tombions tous , vaincus ou morts. Et voilà comme
Je devins un esclave et je cessai d'être homme.
Γ clave !... après cela , de quoi puis-je frémir !
Et que peux-tu de plus que me faire mourir ?

CATILINA.

Tout ce qu'on m'avait dit était vrai, je l'avoue,
Et ton cœur haut placé mérite qu'on le loue.
Ce regard, ce maintien , ce front et cette voix
Montrent bien l'attitude et l'ame d un Gaulois !

O race de vaillants , peuples encor sauvages !
Sur nos débris épars vous croîtrez dans les âges ,
Alors que , contemplant son trône renversé ,
Rome ne sera plus qu'une ombre du passé !
(Après un moment de silence)
Lève ton front , Rulla , Catilina t'estime.
Comme je la voulais , j'ai trouvé ma victime ;
C'est toi. Tu vas mourir ; quel sang plus généreux ,
N'est-il pas vrai , Romains , pouvais-je offrir aux dieux !
Un homme comme toi vaut mieux qu'une hécatombe.
Meurs donc , tu descendras affranchi dans la tombe.

RULLA.

Va , crois que sans regret , sans peur j'y descendrai ;
Mais peut-etre bientôt la-bas je t'attendrai.
Veuillent pourtant les dieux te conserver la vie !
Qu'ils exaucent ce vœu formé pour ma patrie !
A l'univers entier Rome donne des fers !
A toi , Catilina , de venger l'univers.
Que cette Rome un jour devienne ta conquête !
C'est le seul châtiment que Rulla lui souhaite.
Adieu.

CATILINA , à l'un des esclaves

Toi , qu'il soit fait ainsi que je l'ai dit.
Tu reviendras après.
(On reconduit Rulla hors du Triclinium)

SCÈNE III.

—

LES MÊMES , MOINS RULLA.

CURIUS.
Tu me vois interdit.
A quel dessein faut-il que cet esclave meure ?
Quel est ce sacrifice ?

CATILINA.
On le saura sur l'heure.
(Il se leve.)
Enfin , ô mes amis ! le voici donc venu
Ce favorable jour si longtemps attendu !
Si je n'avais ici que des âmes vulgaires ,

Sur un succès prochain je ne compterais guères,
Et je ne voudrais pas confier mon destin
Aux dangereux hasards d'un triomphe incertain.
Mais comme j'ai moi-même, en mainte circonstance,
Eprouvé de vos cœurs la force et la constance,
J'ai conçu froidement, sans crainte approfondi
Le projet le plus beau, comme le plus hardi.
Je vous ai vus d'ailleurs, dans un accord extrème,
Hair ce que je hais, et chérir ce que j'aime.
De sentiments divers l'ensemble si parfait
D'une amitié solide est la cause et l'effet.
  Amis, de plus en plus mon cœur brûle et s'irrite
Quand je veux réfléchir au sort qu'on nous médite,
Si nous ne détruisons le pouvoir usurpé
D'un Sénat qui chancelle avant d'être frappé ;
Ressaisissant ainsi, dans cette grande lutte,
La liberté, les droits, les biens qu'on nous dispute.
  Du jour où Rome échut a quelques parvenus,
Les continents, les mers, des pays inconnus,
Les tétrarques, les rois, les puissants de la terre,
Et l'univers enfin, tout fut leur tributaire.
Le reste, de tout rang, peuple, patricien,
Honni, déshérité, le reste ne fut rien.
Eux une fois gorgés, ils jettent en pâture
Leurs honneurs dédaignés à quelque créature ;
Tout pour eux : et pour nous, par un contraire sort,
Les rebuts ou l'exil, la misère ou la mort.
Ah ! c'est trop. Echappons a cette ignominie
Que leur mépris superbe attache a notre vie.
Mourons plutot! Mais non : portons les premiers coups ;
Et, j'atteste les dieux ! la victoire est à nous.
Comparez un instant : nous avons en partage
La vigueur de l'esprit et la vigueur de l'âge.
Eux, précoces vieillards, ridés, aux cheveux blancs,
Par le luxe énervés bien plus que par les ans,
Que pourront-ils ? Allons ! il s'agit d'entreprendre ;
Le succes de lui-même en nos mains va se rendre.
Des milliers de Romains qui chancellent encor
Attendent pour agir notre premier essor.
Quel est l'homme, en effet, à l'âme bien trempée,
Qui ne désignerait ce but à son épée ?
Voyez ces enrichis emprisonnant les mers,

Aplanissant les monts, fécondant les déserts ;
Les voyez-vous répandre, à chaque fantaisie,
Des flots de ces trésors qu'on dérobe à l'Asie,
Et fastueusement, sur leurs palais détruits,
Dresser d'autres palais à grands frais reconstruits !
En vases ciselés, en peintures diverses,
Prodiguer vainement des millions de sesterces !
Rien ne les satisfait, ne sait les assouvir,
Et jamais dans leurs mains leur or ne peut tarir.
    Mais chez nous, quel contraste avec tant d'opulence !
Dans nos foyers, la gêne et presque l'indigence !
Au-dehors, un essaim d'usuriers au front bas,
Qui, leurs titres en mains, s'acharnent sur nos pas,
Tel est notre destin. Le présent nous accable ;
Et l'avenir s'annonce encor plus misérable.
    J'entrevois néanmoins quelque chose au-delà...
Réveillez-vous, Romains ! La voila ! la voilà !
La liberté vers nous elle-même s'avance,
Nous offrant tout : richesse, honneurs, gloire, puissance.
Marchez. Voilà le prix qu'elle garde aux vainqueurs !
Vous n'avez qu'à vouloir. Ah ! Je lis dans vos cœurs ;
Ils m'ont compris. Par vous la victoire féconde
Va livrer en nos mains les dépouilles du monde.
Pour moi, chef ou soldat, je vous le dit tout haut :
Ni mon cœur, ni mon bras ne vous feront défaut.

AUTRONIUS.

A nous donc, Sergius, de commander dans Rome !
Tu vas voir mon parti surgir comme un seul homme
Aux premiers coups portés.

CURIUS.

                    Tous nos vœux sont les tiens ;
Mais, ainsi que le but, fais nous voir les moyens.

CATILINA.

Les moyens, Curius ? Vois quelle force immense
Le Sénat aveuglé nous fait par sa démence.
Que de conspirateurs il compte dans ses rangs,
Sans s'en apercevoir, ce conseil de tyrans !
Nous tous d'abord, et puis, je ne sais combien d'autres
Qui, si leurs vœux secrets sont différents des nôtres,
Du moins jettent sur nous un indulgent regard.

Tel est Crassus, et tel l'ambitieux César ;
Si puissants tous les deux, que chacun pour lui-même
Convoite, je le crois, l'autorité suprême.
Si mon œil attentif les a bien pénétrés,
Nos succès pour les leurs sont autant de degrés.
Ils se trompent. Pourtant l'erreur nous est propice,
Ménageons-la ; plus tard, nous en ferons justice.

Du Sénat arrivons au peuple. Mécontent
De se voir éludé toujours, le peuple attend.
Il compte ressaisir un fugitif empire,
Dès qu'en nos régions il voit qu'on se déchire,
Et donne aux uns l'appui de son bras mal dompté,
Plus en haine des grands que pour sa liberté.
De nos communs griefs, j'ai fait cause commune,
Et son propre intérêt le lie à ma fortune.

Voila pour le dedans. Regardons au-dehors.
C'est là, chers compagnons, là que nous sommes forts.
Dans deux jours, Mallius, s'avançant vers Préneste,
Des troupes de Sylla nous conduira le reste.
Fatigués de la paix, ces hardis vétérans
Brûlent de dérouiller leurs glaives dans nos rangs.
A cette heure, ils ont dû soulever l'Etrurie ;
Pison a sourdement travaillé l'Ibérie.
Nous sommes assurés du secours des Gaulois.
Que vous dirai-je enfin ? Cent peuples à la fois,
Si mon appel pouvait chez tous se faire entendre,
Viendraient assiéger Rome et la réduire en cendre.
Quelle gloire pour nous ! vengeurs des nations,
Nous touchons au grand jour des expiations !
Et chacun va grossir, plus tôt qu'il ne le pense,
La vengeance de tous de sa propre vengeance.

Mais avant de frapper un Sénat redouté,
Il faut qu'un premier coup à son chef soit porté ;
Que ce rhéteur maudit dont la langue et l'intrigue
Trois fois du consulat ont déjoué ma brigue,
Il faut que Cicéron meure.

CÉTHÉGUS.

Quand ?

CATILINA.

Dès demain.

CETHEGUS.

Tu seras satisfait : il mourra de ma main.

VARGUNTÉIUS.

Et de la mienne aussi.

CETHEGUS.

Nous irons, vers l'aurore,
Saluer Cicéron consul un jour encore.

CATILINA.

Ah ! qu'il périsse donc ce consul odieux !
Qu'aussitot nos amis promènent en tous lieux
L'incendie et la mort Que dans Rome embrasée
Naisse une liberté de sang tout arrosée !
Et qu'enfin, dieux vengeurs ! le jour soit interdit
Au lache qui pourrait faiblir !

(Tous les conjures en se levant.)

Qu'il soit maudit !

(Ils se rasseyent. Catilina reste seul debout.)

SCÈNE IV.

LES MÊMES, UN ESCLAVE PORTANT UNE AMPHORE.

(L'esclave s'approchant de Catilina.)
Maître...

CATILINA.

Bien.

(Sur un signe de Catilina , on lui remet une coupe qu'il
fait remplir par l'esclave qui vient d'entrer.)

Le ciel est aux grands desseins propice,
S'il les voit précédés d'un sanglant sacrifice
Au vin qu'on a versé dans ma coupe est mêlé
Le sang de ce Gaulois sur mon ordre immolé.
J'ai voulu dans ce sang , par des serments terribles,
Retremper nos fureurs et les rendre invincibles.

(Il élève la coupe.)

O toi , dieu des enfers et roi des sombres bords,
Que craignent les vivants et qu'adorent les morts,
Viens souffler en nos cœurs un feu qui les inspire,

Prête une aide à nos bras pour grossir ton empire !
Reçois, ô noir Pluton ! notre hommage , reçoi
Cette libation de sang !

   (Il boit.)
       Imitez-moi.

  (Il fait passer la coupe aux conjurés qui, tour-à-tour, se
   levent, y trempent leurs lèvres après avoir cessé de
   parler, et se la transmettent de l'un a l'autre)

      LENTULUS.

Vidons entre nous tous cette coupe remplie.
C'est un serment nouveau, c'est du sang qui nous lie.

      CÉTHÉGUS.

Je me sens un attrait inconnu , mais puissant ,
Et comme je le bois , je sais verser le sang.

      LONGINUS.

Je me dévoue à tous les tourments du Tartare
Avant que mon destin du vôtre se sépare.

      AUTRONIUS.

Dieux puissants, entendez mes imprécations !
Que ces fiers sénateurs, tyrans des nations,
Soient brisés !

     VARGUNTEIUS.

   Je consacre à nos communes haines
Et le sang que je bois et celui de mes veines.
Euménides ! ô vous inexorables sœurs,
Prêtez-moi vos flambeaux contre nos oppresseurs !
A leur destruction !

      CURIUS.

    Au pillage de Rome !

      FULVIUS.

  (Il s'empare à son tour de la coupe et la jette avec
   indignation.)

Exécrables transports ! N'est-il donc pas un homme,
Un seul parmi vous tous ? Horrible égarement !
De mon cœur soulevé profond étonnement !
Ce sang, ce sang humain, ineffaçable tache ,
Sur vos lèvres je veux qu'à jamais il s'attache !
Je savais qu'au désert le tigre est alléché

Par l'enivrante odeur du sang qu'il a léché,
Et dont le seul aspect, dans sa bouche excitée
Met en éveil sa faim ou sa soif irritée.
C'est son instinct. Mais vous qu'une femme a conçus,
Etes-vous hommes? Non, non, vous ne l'êtes plus!

CÉTHEGUS.

Ah! c'en est trop. Qu'il meure! Il nous trahit peut-être!

FULVIUS.

Si je pouvais me taire, oui, je serais un traître.
Mais c'est toi qui trahis ta gloire et tes aïeux,
Céthégus. Au surplus, le jour m'est odieux,
Et si, pour apaiser le feu qui te dévore,
Il te faut plus de sang, tiens prends et bois encore!
Que ce fer!...

    (Il tire son poignard pour s'en frapper. Curius le
    retient.)

CATILINA.

    Fulvius, non, tu ne mourras pas.
Pour de plus dignes coups j'ai besoin de ton bras.
J'excuse un mouvement qui vient de ton jeune âge;
Bien mieux: plus haut encor j'estime ton courage.
Quoi! tu voulais mourir et déserter nos rangs!
Garde plutôt ce fer pour frapper nos tyrans.

    (Il quitte la table; tous ses convives l'imitent.)

Amis, voici la fin de la quatrième veille.
L'aube rougit le ciel de sa lueur vermeille.
Séparons-nous.

LENTULUS.

    Adieu.

CATILINA.

    Ce jour nous reste encor,
Après lequel doit suivre un triomphe ou la mort.
La fortune fera de tous tant que nous sommes,
Vaincus, des criminels, ou vainqueurs, de grands
                 [hommes.
Elle sera pour nous. Demain, notre destin
Va prendre une autre face. A demain.

    (Tous les conjurés, à l'exception de Fulvius.)

             A demain!

    (Ils se séparent.)

FIN.